KB108478

두근두근

영원히

두근두근 영원히

발행일	2024년 4월 15일

지은이	백승훈		
펴낸이	손형국		
펴낸곳	(주)북랩		
편집인	선일영	편집	김은수, 배진용, 김다빈, 김부경
디자인	이현수, 김민하, 임진형, 안유경, 신혜림	제작	박기성, 구성우, 이창영, 배상진
마케팅	김회란, 박진관		

출판등록 2004. 12. 1(제2012-000051호)
주소   서울특별시 금천구 가산디지털 1로 168, 우림라이온스밸리 B동 B113~115호, C동 B101호
홈페이지 www.book.co.kr
전화번호 (02)2026-5777   팩스   (02)3159-9637

ISBN   979-11-7224-055-4 03810 (종이책)   979-11-7224-056-1 05810 (전자책)

(주)북랩 성공출판의 파트너
북랩 홈페이지와 패밀리 사이트에서 다양한 출판 솔루션을 만나 보세요!
홈페이지 book.co.kr • **블로그** blog.naver.com/essaybook • **출판문의** book@book.co.kr

작가 연락처 문의 ▶ ask.book.co.kr
작가 연락처는 개인정보이므로 북랩에서 알려드릴 수 없습니다.

백승훈 제2시집

두근두근
영원히

북랩

작가의 말

삶의 틈새에서 쉴 새 없이 허덕이던 한 남자는
평소처럼 의식이 깨어나던 어느 날 아침
눈을 뜨기도 전에 갑자기 살아있음의 답답함이 몰려와
가슴이 터져 나갈 것만 같았다.
이불을 개어 장롱 안에 접어 넣고는
멍하니 앉아 있다가 뜬금없는 결심을 하게 된다.

버스와 전철을 세 번 갈아타고 두 시간 걸려 다니던
경기도 광주 산자락에 있는 직장에다
사표를 던지고 한 번도 실천하지 못한 홀로의 여행을 떠났다.
뒤죽박죽 헝클어진 마음을 안고
아무런 계획 없이 무작정 나선 길.
며칠인데도 복잡한 생각의 파도에 떠밀리며
존재감과 삶의 관계에서 출렁이며 방황했다.

어디로 가야 하나.
어떻게 살 것인가.

그렇게 느닷없이 출발한 여행이 닷새가 되고
뜬금없이 내두른 발걸음은
융통성 없고 타협에 어설픈 모난 돌의 내면을
아픈 가슴으로 만나게도 되었다.
앞만 보고 달려가던 한 남자의
우스꽝스러운 모습도 발견하게 되고
어리석은 흔적을 반추할 의외의 시간이 되어 주었다.

삶의 위태로운 질곡마다
벗어나고 싶던 순간들
옴짝달싹 못 하게 엮이어
하는 수 없이 억누르며 살아낸 첩첩의 시간
살면서 불쑥 치솟아 오르던 분노도
좌절하고 방황했던 순간도
오로지 홀로 싸워야 했던 기억까지
아무리 건너고 뛰어넘어도
한 번 중독된 그 혼자만의 고독과 방황은

쉽사리 떨어질 것 같지 않았다.
탈출구 없는 극한의 맛을
뇌 속까지 심어 놓았던 것일까.

길다면 긴 인생길.
죽고 못 살 것 같던 사람들과의 인연도
걸음 따라 서서히 흐려져 가는 홀로의 길.

아직 남아 있는 여정에서
정녕 홀로의 고독이 서러워질
산등성이 언저리쯤에서 운 좋게도 나는
나에게 꼭 있어야만 했던
단단한 알맹이 조각을 기적처럼 찾아내고
인간의 고독에서 졸업했다.

이제는 혼자이고 싶을 때조차도
당신이 그립다.

서울 하늘 아래
流沁 백응훈

차례

2부

3부

4부

5부

1부

하루아침에

모르고 지나온 과거의 생에
얼마나 제멋대로 살았던 건지
이생에서의 수십 년
몸에 상처가 끊일 새가 없고
근심 없이 등짝을 뉘어 본 날이 언제이던가

의미 없고 허탈하여
아무런 재미도 없는 삶을
조기 마감해 볼까도 궁리해 보고
그래도 만들어 놓은 게 자식이라
책임의 굴레로 살아왔더랬는데

얄궂은 게 운명이라더니
어떤 예기치 못한 이끌림에
세상이 하루아침에 바뀌고
심장이 불끈거린다
나에게 무슨 일이 일어난 것일까

하나 남은 길

길이 있을까
어디로든 길은 있겠지

살다 보니 그리 여긴다

막연히 살아온 여정이
길을 찾기 위한 여행인 것도

혼자이다가
둘이었다가
셋도 되었다가

수많은 시간이 흘러
길은 아직 묘연한데
누군가 내 곁에 선다

불현듯
이게 내 길인가 싶다

인연, 그 첫 울림

울림이 좋고
밝은 목소리라는 생각이 들었다
동행하는 젊은 엄마와 아들에게
열심히 설명하는 그 사람의
<맨발 걷기>에 대한 내용을
귀동냥하면서 황톳길을 앞서 걸었다
알고 있는 내용이었지만
새롭기도 하고, 나름대로 재미도 있었다

사람이 곧 자연인 것은
철들면서부터 알아 왔던 거
무로 되돌려 다시 흙이 되고
공기 속에 구름으로 바람으로
회귀하는 존재 중에 독특한 하나인 거

그 사람의 목소리가
떠다니는 솔향과 섞여
무덤덤한 가슴으로
가만히 스며들었다.

새 자리

털퍼덕 누웠는데
생판 처음인 자리가
등에 짝 달라붙는다

나른함

머리끝에서 발끝까지
스르르 감겨드는
아늑함

눈시울이 뜨끈하다

너의 의미

손안의 손

체온으로 들어오는
묵은 시간의 내음
순식간에 흐르는
고된 기억의 감각

눈 안의 눈

바라보는 것만으로
출렁이는 슬픔
깊은 곳에서 따라 나오며
저절로 일렁이는 떨림

걸음과 걸음

이제는 또 하나의 발에
안도의 미소를 보낸다

멈추는 그날까지

생시生時

처음엔 신기하다가
시간이 지날수록 이유를 알게 되고
그만큼씩 차오르는 희열

마음이 한 푼도 불안하지 않은 날을
살면서 만나게 되리라곤
상상도 하지 못했다

이런 날이 오다니

젊어서 살았던 19년
간간이 다가왔던 인연
느껴보니 알겠다

어느 하나도 내 것이 아니었음을

첫 나들이

기다랗게 갇힌 물에
하늘이 담긴다

후끈한 바람이
작은 숲을 훑고 지나간다

등줄기에 땀이 흐르고
맞잡은 손에
두근거림이 만난다

조용한 공간
또 하나의 발소리

너의 가슴이
내 손안에서 뛴다

영원을 위한 준비

한참을 살피다가
두 사람을 위해 샀다

그렇게 살았어도
이놈의 술은 참 낯설다

삶이 꼬이고 엮일 때
어쩌다 하늘이 무너질 때
드문드문 술이 떠오르기도 하고
해가 기우는 순간마다
딱 한 잔씩 마시지만
살다 보니
나를 위해 술을 사는 날도 온다

오늘은 마신다
결심의 술
영혼 끝까지 흐를
한 잔의 인생 술

언약

큰 눈이 더 커진다

작은 상에 두 개의 술잔

든든한 미래가
서로의 잔에 쪼르륵 담긴다

조용히 건네며
나누어 마신다

이제 가봅시다

끝까지

비우기

미련
아쉬움
안타까움
서운함

떠나보내자

빼앗긴 시간
도무지 옅어지지 않는 분노
낭비한 열정
잃어버린 젊음

흘려보내자

진짜를 채우기 위해

감동 보따리

인절미 한 줌
작은 음료 한 병
견과류 넣은
떠먹는 요구르트

새벽 출근길
배낭 안에 담긴
단단한 사랑

내 마음에 맺히는
기운 한 방울

마음 지키기

너와 나의 가슴이
한 사람을 위한 공간밖에 없기에
하루하루
서로에게 충실하고
끝까지 변하지 않기

사소한 몸짓
일상적인 말 한마디에도
마음 담기

매일 매일 다짐하고
숨 쉬는 횟수가 무색할 만큼
사랑한다 말하기

마음의 눈으로만 보이는

처음이었을 땐 몰랐다
그게 호감인지 사랑인지

알고 지나가고
스쳐 지나가고
가슴 언저리에 스며들어도
다른가 보다 했다

닳아서 해질 만큼
시간을 쓰고 난 후에야
사람마다 그만의 색깔로
내 속에 깃들어 있었다는 걸 알았다

삶, 그 느낌

취객의 넋두리
순식간에 사라지는
오토바이 소리

열린 창문으로
새벽바람에 실려 들어오는
새 하루의 소리

감은 눈 위로
쏟아져 들어오는 햇살
기억 속으로 빠르게 스며드는
밤의 열정과 소름처럼

그리고 맛보는
죽음 같은 잠

그대가 있는 곳

생각 바구니 속
바람이고
감미로운 햇살이고
쿵쿵거리는 기억이고
리듬이다

눈을 감으면
그곳에
시간을 거슬러
또렷이 살아나는
그대가 있기에

새로운 세상

보통은
세상이 다르게 보인다지만

맞닥뜨려 보니
매일매일 떠올림만으로
살 고드름이 돋는다

이성으로 이해되지 않는 것
현실에서 설명할 수 없는 것
그 어떤 모순도 일상이 된다

나도 모르는 사이에
불쑥 나타난 사람 하나가
세상을 바꾸고 있다

살면서
처음 겪는 일이다

너를 향해

해의 기울기 따라
바람도 온도가 바뀐다
어둠의 농도만큼
목덜미가 움츠러든다

새벽이 오기 전
그 짧은 시간에
주변 계절들이 몇 번이고
재빠르게 넘나든다

조용히 기다리는
마음 하나만
있는 대로 목을 뽑아
너를 향한다

나보다 당신

출출한 오후에
누군가가 건네준 고구마 하나
노랗고 촉촉하게 잘 익어서
맛있어 보인다

군침이 돈다

멈칫

선뜻 먹을 수가 없다

온 정성으로 새벽잠 쪼개어
아침을 챙기는 당신에게
맥반석 위에서 구워졌을 이 고구마를
바로 달려가 먹여주고 싶다

새벽 단상

유난히 짧은 새벽
잠깐만 눈감아도
시간은 눈썹을 휘날리며 달린다

할 말들이 줄을 섰는데
겨우 필요한 말 몇 마디에
성큼성큼 다가와 버리는 아침

목을 타고 넘어가는
은행 식초가 잠을 깨우고
잘 갈린 토마토 한 잔이 속을 달랜다
총총히 감자를 갈아 굽고
달걀을 삶고 약밥을 담는
당신의 바쁜 뒷모습에

어김없이 가슴이 뛴다

그대의 아침

눈을 뜨기도 전에
품 안에 든 너의 등을
썩썩 문지른다

울 엄마의 약손이
잠투정하던 꼬맹이의 아침을
기분 좋게 깨우던 기억 그대로

그냥 그러는 게 좋을 것 같아
여분의 새벽잠이 아쉬운
당신의 부스러기 꿈을
꼼꼼히 쓸어내린다

조금 더 열심히 살면
그대의 아침을 그럴싸한 색깔로
풍성하게 채워줄 수 있으려나

2부

있는 그대로를

너에게
줄 수 있는 건
지금껏 꺼내어 본 적도 없는
먼지 쌓인 틀 속에서 만들어진
투박하고 서툰 마음 하나

너에게
줄 수 있는 건
수많은 시행착오 끝에 나온
더 이상의 오류도 없는
단단한 다짐 하나

너에게
내가 줄 수 있는 건
그런 두 마음으로만 채워진
꾸미지 않은 사랑 하나

여보

살면서
한 번도 불러보지 않았던 말
생경하고 어색해서
나와는 조금도
어울리지 않는 것 같아서
평생 입에 올리지도 않을 것 같던 말

그 먼 길 돌고 돌아
넉넉히 살았다 싶던 어느 날
마침내 운명이 맞닿은 것이었던지
저절로 우러나
하루에 수십 번씩 부르고 싶고
바라보면서도 불러보고 싶은 말

인생이란

짧은 하루
긴 여운

얼굴 보고 웃고
몇 마디 나누고
몸은 괜찮은지
다리도 주물러 주고
마음 불편한 곳은 없는지

속이 너무 비어서
정성을 조금 넣어 주었더니
하루가 금세 가득하다

삶이 그렇지
아쉬울 땐
터무니없이 짧은 법이지

이게 사랑인가

손길
눈길
숨 쉬는 호흡에
정겨움이 넘실거린다

말 한마디에
가슴이 출렁인다

유쾌한 음성

이것 하나로도
가득 차고 넘친다

감동 조합

아침마다
블루베리 품은
이야기를 떠먹는다

새하얀 수렁에 빠진
해바라기
호박씨와 아몬드

밤과 대추와 건포도
향긋한 계피와 흑설탕
간장과 어우러진 약밥

매일매일
노른자가 찰랑거리는
감동을 삼킨다

새로운 발견

지나온 흔적마다
어지럽게 널려있는
낡은 삶의 껍데기
바뀐 눈으로 바라보니
그제야 보이는 것들의 실체
멋모르고 낭비한 시간의 흐느낌

추억이 희석된 건지
그만한 기억이 없었던 건지

그래도 좋았던 적이
간간이 있었겠지

손끝에 닿는 시간의 잔가지들이
격이 다른 흥분으로 들뜬다

끝까지 간다

깨어있을 땐 심장이 터질 것 같고
하루를 알뜰히 쓰고도 잠들기 아쉬워

호흡이 저절로 가빠지고
도대체 정신을 차릴 수가 없어
이해되지 않는 증상들
대책 없이 날뛰는 감정의 실마리를
그래야 찾을 것 같으니까

귓불과 만나는 입꼬리
저절로 나오는 휘파람

도무지 모르겠으니
아무 생각 말고
갈 데까지 가보는 거다

깃털처럼 작고 가벼운

때론 언어라는 것이
얼마나 불편하고 부족한 수단인지
얼마나 제한적이고 단순한 건지
감정이 정점을 넘나들 때
저절로 알게 된다

따뜻한 손길
눈빛 한 줄기
숨결 한 모금

이 작은 몸짓에
우리의 세상이
더 활짝 열려 간다

순수한 집중

분위기 잔뜩 잡았는데
슬쩍 끼어든
곁가지 생각 한 올

설마

순식간에 잠식당하고서야
갈피를 잡지 못한다

"그러지 말고 확인하고 와"

빗속을 뚫고 달려서
기어이 확인한 건망증

나도 그런가 봐
아까 정리한 장롱 옷가지들이
머리에 가득한데

순수하게 집중해야 한다는
커다란 교훈 아래

마주 보고 허탈하게 웃는다

기다림의 의미

어릴 적부터 수십 년의 기억 머금은
아차산의 시린 계절들

등성이 타고 건너 바라보던
용마산의 불안한 노을

가장의 무게를 묵묵히 짊어지던
축령산의 경직된 세 개의 겨울

간절한 염원을 담고 올랐던
오대산의 끝없는 나무 계단

길을 찾지 못하고 방황하던
화천 광덕산의 이글거리는 번뇌

중년이 되어
치열한 삶의 험로에서 만난
두무산의 절대고독

이정표를 놓칠 때마다
무심코 오르던 북한산 봉우리들

시련과 고통
인내와 숱한 좌절
간신히 버티던 처절한 순간들이
당신을 만나기 위한
기나긴 안배였던가

길 찾기

태어남은 운명인지라
인력人力으로 바꿀 수 없지만
핏속에 담겨 내려온 성격은
극한의 노력으로 변화시킬 수 있다

마음과 현실의 괴리
잘 궁리하면 이 또한
원하는 대로 이룰 수 있으리라

귀하고 소중한 만남을
일상의 굴레에 그저
아무렇게나 내버려 둘 수 없다

살면서 만들어진
각자의 틀 속에 있다고 해도
반드시 길은 있으리라

비와 그리운 당신

내리던 비가
어제 다르고 오늘 다르더니
하루가 멀다고
계절을 탄다

무심코 펼쳐 든 우산에
떨어지는 소리

내리는 비가
그리운 얼굴을 담고 와
우산을 뚫고
내 가슴에 내린다

두근두근 똑똑똑
두근두근 또르르

그 어느 곳에도

눈이 가는 곳

손이 닿는 곳

호흡이 드나드는 곳

마음이 움직이는 곳

깊은 밤 꿈과 만나
의식이 잠시 쉬어가는 곳에까지

깨어있는 나

잠들어 있는 나

그 모두의 자리에
빠짐없이 들어있는 너

둘이어서 하나

세상에는

아무리 해도
따로 떼어낼 수 없는
특별한 것들이 있다

생태계 속에서
순리대로 살아가는
모든 생명

서로 다른 존재이면서
분리할 수 없는
시간과 공간

숱한 역경의 시간을 돌아
복잡한 인연의 틈새를 비집고
기어이 만난 운명

언제나 정직한 궤적으로 흐르는 당신
나는 당신만 품는 절대공간

당신을 위해

매일매일 다짐해
당신의 하루가
온통 기쁨이기를

매일매일 기도해
당신의 삶이
샘솟는 희망이기를

매일매일 사랑해
내 삶의 끝이
오로지 당신이기에

시간에게 바람

시간이 아주 아주
느리게 흘렀으면

그래야 기억을 꼼꼼히 더듬어
헛되이 날려버린
당신의 억울한 청춘을
풀어줄 수 있을 테니까

그래야 당신 가슴에 품었던
파란색 꿈과
작은 바람들까지
이루어 갈 수 있을 테니까

썩은 가지처럼 투둑 떨어지지도 말고
바람같이 훅 날아가 버리지도 말고
당신 곁에만
붙어 있었으면

우리들의 시간을 위해

시간을 늘리는
좋은 방법이 생각났어
빨리 어른이 되고 싶었던
그때의 순간을 데려오는 거야

한참을 자고 일어나도
아무리 시계를 들여다봐도
고장 난 듯 멈춰있던

그래
지금처럼 마음을 나누는
잠깐의 시간도 안타깝고 아쉬울 때
지지리도 느려 터지던 그때를
냉큼 데려오는 거야

순수하고 어리숙하던 마음마저
딸려 온다면 더욱 신이 날 테지
눈 감아봐 바로 시작해 보게

우리의 하루

해가 뜬다
아침이 온다
해가 진다
어둠에 잠긴다

누구에게나 주어지는
일상의 하루

부둥켜안은 감동의 밤이 지나고
새날이 온다
눈을 뜨니 상쾌한 기분
마음을 챙기고 나선다
오늘도 새롭게 사랑해
오늘은 더 깊이 사랑해

우리에게만 주어지는
뿌듯한 하루

사랑의 속도

사랑에 빠지는 시간은
단 1초

본능에 가까울수록
수명이 짧다

사랑을 누리는 시간은
두 사람의 의지이며

사랑을 책임지는 시간은
두 사람의 노력이다

존중과 존경의 만남

수십 년 삶이 토대가 되어
가까스로 만난 사랑 하나가
일상 속에서 무럭무럭 자란다

다른 세상

밀려들 때의 포만
모두 나간 뒤의 적막

서해에서만 느껴보는
삶의 질곡과 흐름

구름이 되고
바람으로 날고 싶은데
그 어떤 것도 존재에서
벗어나지 못했다

어느 순간
사람 하나 만남으로
표정이 바뀌고
세상이 바뀌고
운명까지 자유롭게 흐른다

3부

짧은 밤

깊은 밤 동행으로 나섰던 비가
꿈의 문턱에서
밤새도록 서성거린다
보채지도
서두르지도 않고
망설임도 없이

구름에 갇혀 떠오른 해
습관처럼 시계를 본다

짧은 밤 아쉬운 휴식
당신의 등을 쓸어주며
피곤한 아침을 다독인다

단정하지 않기

사람들이 말하기를
모든 건 끝이 있다고 해

가까운 이들과 터놓고 말할 때
세상 못 믿을 게 사람이라 해

검은 머리 짐승은
거두는 게 아니라고도 해

하늘에 대고 맹세해도
손바닥 뒤집듯 하는 게 인간이라 해

모두 그런 건 아니야
아주 가끔은 예외도 있으니까

너에게 나 나에게 너

잊어버리지 말자

시간이 턱없이 야속하고
아쉽기는 하지만
그래도 어쩌겠어
지금이라도 내 앞에 있는 게
엄청난 기적인 거지

잃어버리지 말자

자연을 거스르지 않고
순리대로 흐르면서
필요한 것들만 챙겨야지
내 손 꼭 잡아
놓치지 말고 떨어지지 말고

천생연분이어야만 후회하지 않는다

벅찬 사랑으로 태어나서
멋모르고 자라고
보이는 것들 구분하는
기준이 생기면서
천방지축 뛰놀고
들쭉날쭉 흔들리다가
하나의 개체로 자리매김하는가 싶다가도
결국엔 제멋에 산다

삶을 한 번에
끝까지 성공하는 소수 이외에
시행착오 몇 번씩 치르고서야
만난다고 만나 봐야
그다지 탐탁하지도 않다

쉽게 만족하는 유일한 방법은
운명적으로 꼭 맞아떨어지도록
하늘이 정해놓은 배필을
만나는 운명뿐이다

너의 사랑 나의 세상

너를 만나고
밀쳐 두었던 미소를 본다
너를 만나고
참았던 웃음소리 듣는다

너를 만나고서야
시원스레 열리는 저 하늘
너를 만나고서야
두근거리는 내 가슴

오랜 기다림의 시간
이토록 즐겁고 행복해
이제는 말할 수 있어
네가 세상에 전부라는 걸

우리의 공간에서
우리만의 시간을 위해
둘만의 사랑을 향해

한 사람이 있는 풍경

후끈하던 공기가
한가위 앞에
조금씩 가벼워지더니
팔뚝에 오돌토돌
흔적을 남기고 간 새벽

가로등에 엉겨있던 어둠이
새벽 출근길
등 뒤로 따라붙는다

꿀보다 달콤할 너의 새벽잠
조금 더 채워주고 싶어도
주어진 삶이 눈치 없이
떠밀어 깨울 테지

그래도 하루 알뜰히 꾸리며
가슴에 녹여 담은 한 사람 이야기가
집으로 가는 저녁 길
화사하게 열어 줄 거야

뿌듯한 아침

밤이든 낮이든
너를 품는 순간
모든 시름이 날아간다

오롯이 전해져 오는 온기
격동하는 뇌의 반응
온몸에 솟구치는 기지개

몽롱한 기운
포근한 전율

밤 내내 팔베개로
간간이 뻐근한 것이
티끌만 한 흠이다

그리움

기다림이란
투명한 착각이다

떨어져 있으니
공백의 시간 동안
기다린다는 생각으로
메우려 하는 것이다

거리와 공간에까지
그리움으로 가득 찬
너와 나는 다르다

떠올림 한 방울 공간에 퍼지며
미세하고 안타까운 전율까지
너에게로 닿아 있다

아직도
하루가 반이나 남았는데

작아도 큰 인연이다

소홀히 흘려도 좋을
작은 행운이 있을까
속절없이 지나쳐도 흔적 없는
사소한 인연이 있을까

사람 손길이 닿는 어떤 곳에
의미 없는 것은 없다

스쳐 지나갈 작은 연이라도
대수롭지 않게 흘린다는 건
세상일들 사소하게 보는 것이고
삶까지 하찮게 여기는 것

작다고 결코 작은 것이 아니다
인연과 약속이 잇닿은
너와 내가
그렇기에 세상의 중심인 거다

당신

모진 순간
괴롭고도 힘든 시간조차
견디게 하는 힘

맥이 빠지고 늘어져서
삶의 기운이 바닥일 때
툭툭 털고 일어나게 하는 힘

의혹과 두려움으로
일상의 의미가 바래져 갈 때
정신 번쩍 나게 되돌리는 힘

온종일 보고픈

소나기가 된통 내리더니
하루아침에 가을이
중턱에 걸렸습니다

그 바람에 팔뚝에 돋는 소름이
떨어진 기온 탓인 줄 알았습니다
출근하는 새벽에도
어둠을 가르는 퇴근길에도
가슴속까지 파고들더군요
당신이 좋아하는 노래를 들으며
가슴이 벅차오를 때에야 알았습니다

하루 종일
당신이 보고 싶었다는 것을요
이제 곧 만날 텐데도
그리움이 세차게 몰려옵니다

아름다운 당신

매일 전철 그 자리
두 번 갈아타고
세 번째 타는 자리에 서면
먼저 선 사람들이 있다
보통 한 걸음의 간격인데
유독 세 걸음 띄운 사람
누구보다 자신만 귀한 자

그도 스스로 내어 줄
소중한 사람은 있겠지
그 사람 앞에서는
누구보다 가깝게 다가서겠지

'세 발짝'에게 당신을 보여주고 싶다
격의 없이 다가서는 당신을
아름다운 향기로
세상을 먼저 바라보는 당신의 마음을

당신을 기다리는 곳

27층
일터의 옥상에 오르면
크게 흐르는 바람의 길들이 있다

어떨 땐 시선을 따라가
잠실 언저리까지 길을 열고
때로는 사방팔방
궁금한 곳의 냄새까지
데려오기도 한다

이런저런 핑계로
하루에도 몇 번씩
바람이 실어 오는 당신을 맞으러
그곳에 오른다

한결같은 당신

인륜은 사람의 행동과
처신의 보편적 기준이기에
대부분이 수긍하지만
사랑은 다릅니다

기준이 없지요

넘치거나 비워지는 것도
할 나름입니다
대부분 넘치겠지만
어떻게 어디로 넘치는지는
그들밖에 모릅니다

거의 전부가 대책 없이 넘치다가
변색하거나 메말라 버립니다
그래서 썩고 악취가 풍깁니다

늘 맑고 깨끗한 당신처럼
특별한 사람 이외에는 말이지요

느닷없는 인연

빼곡히 쌓인 세월의 무게가
매일 피부로 다가오고
생각보다 부실한 몸에
헛웃음이 나온다

허약한 체질을 개선하고자
열 살 무렵부터
꾸준히 운동했건만
어울리지 않는 선택으로
맥없이 지나가 버린 아까운 청춘

시간과 능력이 조절될 때쯤
사용 연한이 보일 듯 말 듯한데
느닷없이 닥쳐온 운명
이미 흘러버린 세월의 흔적까지
꼼꼼히 살피는 손길에
몸의 곳곳이 깨어나기 시작한다

나의 다짐

작은 것도 소중히 하고
사소한 것도 흘리지 않는
고요하고 단출한 모습으로
그대에게 머물 것이오

스스로 견디고
이겨야 했던 마음 살이 헛되지 않게
잔잔한 햇살이 되어
그대를 감싸 줄 테요

불편하지 않게
마음이 넘치지 않게
품고 웃고 의지하며 가요

우리의 길로

바람의 연가

거침없이 바람이 분다
걸려도 넘어가고
막혀도 알아서 돌아간다
공간에 있으나
연연하지 않는다

너를 갈무리하는 나는
더불어 흐를 것이고
때론 적시고 덮으며
곁에서 숨결까지 나누는
빛이 담긴 바람이 될 것이다

자연 앞에 당신

나이가 묵직해지다 보면
고개를 들어 하늘을 보게 되고
쪼그리고 앉아
땅을 비집고 오르는
손톱만 한 새싹도 발견하게 되고
아무리 바빠도
무턱대고 걷는 걸음도 조심하게 되고
숨 한 번 쉬는 것도
감사한 마음으로 들이게 된다

온 생을 다 바친 나뭇잎이
아무런 미련 없이 이별을 고하듯
삶의 가치와 참된 의미도 알게 된다
오래 기다려 마주한 당신은
살아 숨 쉬는 자연이고
부족한 나를 꼼꼼히 채우는
빛깔 좋고 잘 익어 보배로운 것도
그래서 알게 되었을 것이다

너의 숨소리, 나의 아침

바람과 햇살의 농도가
촘촘히 짙어가는 계절

줄잡아 하루에 일만 칠천 번
오늘도 알뜰히 숨 쉰다

이제는 그만큼의 가치를 알기에
소중하게 호흡한다

새벽 처마에 내리는 빗방울이
가벼운 리듬을 타는데

곤한 너의 숨결 따라
심장의 두드림이 자라나고
또렷해지는 의식이
유쾌한 아침을 준비한다

이제 마음 하나만 짓자

가까운 이들과의 소통은
무게도 불편도 없다
온전히 끌어내는 용기만이 필요할 뿐

표현이 어려운 것도
지닌 사람의 마음이다

별들도 꿈길에 있는 시간에
조금씩 차가워지는
새벽 공기를 감싸 안으며
든든한 너를 품고
안에 담긴 마음을 단단히 새긴다

4부

당신처럼

어둠은 언제나 옳다
바람은 언제나 옳다

어둠을 이끄는 바람은
태양 아래 뒹구는 아이들과 다르다
숨을 죽여 가만히 다니기도 하고
인적없는 어둠
졸고 있는 가로등 곁에
기대어 있기도 한다

낮을 가리기도 하다가
며칠 전 우이천에서 사귄 철새 부리와 있을 땐
아내와 내 곁에 바짝 붙어 있다가
떠나기도 했다

우리들의 산책을 가만히 바라보는
바람은
어둠은
유일한 나의 사람처럼
언제나 옳다

당신의 기운

해가 부쩍 짧아진 퇴근길
어둠을 받으며
집으로 가는 사람들로
지하철은 만삭이다

간격이 길어 빼곡히 섰던 이들이
억지로 몸을 들이밀고
보금자리를 향해 간다

몇 개의 역을 지나는 동안
앞에 섰던 여인이 내리고
그 앞자리의 여인도 내렸다

자리가 났다
이 정도면 횡재다
당신의 기운이 예까지 닿았나 보다

혼돈 끝에 있는 것

비워야 하는지
채워야 하는지
혼란스러운 시기가 지났는데도
찬 바람이 불면
다시 돌아보게 됩니다

잘 살고 있는 것인지
아까운 시간 제대로 쓰고는 있는지

새벽 출근길이
혹시 꿈은 아닌지

당신의 안부가
즐거운 현실로 돌려놓습니다
그래요
뭐 별거 없지요
무탈한 하루와
반가운 만남 외에는

좋아하는 색

내가 좋아하는 색이
여러 개 있다

코흘리개 적부터 그냥 좋아진
밝은 노란색
언제인지 모르게 마음에 담긴
반짝이는 하얀색
사춘기를 겪으면서 친해진
눈이 부신 번개 빛 보라색
세월과 함께 같이 가는
구수한 나무색

시간이 흐르고 흘러
운명의 반쪽을 만난 후부터는
오직 한 가지 색으로 마음이 통한다
그 색깔의 이름은

당신

사랑의 맹세

내 평생 의리를 지키며
살아오는 동안
고생하고 힘든 마음
사랑으로 채워주리라

날마다 다짐하며
행여 작은 상처라도
몸과 마음에 생기지 않게
알뜰히 아끼고 보살피리라

생이 끝나는 그날까지
자유로운 바람처럼
변함없이 바라봐 주는 햇살처럼
당신 곁을 지키리라

행복의 소리

알맞게 삶아진
한 움큼 햇밤
부드럽고 고소한 맛

솜씨가 자아내는
맛의 차별화
만족 백배

당신의 발걸음
설거지 소리
세상에 둘도 없는
즐거운 소리

너에게만 쓰는 삶

오직
한 사람만 바라보는 눈으로
그 사람의 모든 소리에
진지하게 귀 기울이고

그래도 남아 있는 것들
내리고
버리고
줄이고
원초적인 삶으로 돌아가
최소한 간소하게 꾸리며

짧고 아쉬운 시간이나마
그 사람을 위해서만
알뜰히 나누어 쓰고
빛깔 좋게 살아가는 거

이게 인생이지

노을 없는 곳으로

노을 지는 풍경이 힘든
당신을 위해
해가 지지 않는 곳으로
갑시다

아니지 아니지

차라리
해가 뜨지 않는 곳으로
갑시다

고귀한 너

세월을 버무려 낸
책임과 의무를
무한한 사랑으로 견뎌 온
거룩한 그대의 손

어둠 속에 들려오는
곤한 숨소리
귀밑머리를 쓸어주며
뜨거움이 북받친다

약해지는 것인가
원래 그런 것인가
보이지 않는 마음에
거대한 해일이 몰려온다

기다리기

어중간히 먹은 밥이
흔적도 없이 사라진 오후

개천 바람이 강바람을 비웃으며
마구 불어닥치는데
새침하게 내리는 햇살은
남의 속도 모르고
가을을 익히는 데 정신이 팔려 있다

뭔 놈의 바람이 그리 길도 못 찾고
사방으로 들쑤시고 다니는지
너를 기다리는 시간은
때도 모르고 마냥 굼떠

바늘에 끈을 묶어서 잡아채면
빠르게 우리 공간으로 갈 수 있으려나

아침 열기

배게 밑에 팔을 밀어 넣고
잠이 깨지 않도록
걷어찬 이불을
가만히 끌어당겨
살그머니 덮어준다

숨소리가 흔들리다가
이내 가지런히 돌아온다

창밖은 순식간에 밝아오고
이제는 아쉬운 휴식에서 깨어나야 한다

당신 꿈의 창을
빛으로 열 시간이 다가오고 있으니

조화

사는 일이란 게 그렇다
아무리 움직여도 남는 게 없고
아무것도 하지 않으므로
세상을 얻기도 한다

생각의 틀까지 던져버리니
그대의 빈틈 안에 내가 있고
나의 어설픔은 그대 눈동자에 담긴다

당신은 완벽한 어울림이고
군데군데 내가 거닌다

된장국

정성으로 끓인 된장국에
밥 한 그릇 뚝딱 말아치우고
새벽을 나선다

뜨끈한 된장이 오늘도
하루 종일 가슴을 데워
'당신'이라는 향기로 피어오르겠지

섬세하게 생기있게

헛된 생각들은 따를 수 없도록
도달하는 곳이 허허로워야
진정한 시작일 것이므로

물 흐르듯 하루를 살고
생길 수 있는 의외의 일에도
일상을 열어 두기로 한다

매일 나를 놀라게 하는 그대는
자신의 소리로 시작을 떠올리고
티끌만 한 망설임도 없이 움직인다

그 평범한 삶의 신비가
내 심장의 속도에 맞춰
봄비 만나는 풀잎처럼 쑥쑥 자란다

운명의 길로

지금껏 나를
건강히 살아있게 한
이제야 조금씩 느끼는
운명의 기운에 숙연해진다

얼마나 노력했던가
얼마나 많이 흔들렸던가

지나간 실수와 후회에
다가오는 시간에
지레 쫓겨 다니다가
운명의 문턱에 다다라서야
한 사람을 만나고
비로소 눈이 뜨여 간다

스스로에 견주어
세상을 보던 풋풋한 눈으로
그대 손만 꼭 잡고 간다

의식 안에서

대부분 사람은
깨어 있는 시간을 소중히 한다
보고 느끼고 상상하고
판단하는 것이 인간 세상의
거의 전부인 듯 생각한다

일과를 마치고
모든 움직임을 마무리한 후
쉬어 가는 시간이야말로
진정한 자아의 가치를 정리하고
조절하는 시간인 것을

꿈길이 지나가는 그 자리에서
당신을 부둥켜안고
편안한 안식을 간절히 기도하며
휴식과 준비를 이룰 수 있도록
무의식 속의 의식을 단련한다

보답

움직이는 너의 모든 일상에
내 숨을 듬뿍 덜어주고
근육의 갈기마다 스며들어
알아채지 못할 만큼 상쾌하게
퇴근길 마지막 한 걸음까지
걸어주고 싶다

바람을 몰고 오던 해가
툭 떨어지고 드디어
너에게로의 시간이 다가온다
온종일 다시 만날 시간을 고대하며
열심히 살아낸 보람이
어둠으로 내리고 있다

새로운 시간, 그 감동

분주하고 산만한 휴식에
습관처럼 젖어 있다가
절묘하게 공유하는 여유와
알찬 시간을 재발견한다

낯설고 어색하기까지 한
새롭게 만나는 경이로운 체험
하나 된 믿음의 만남이어야
완성되는 거룩한 시간

신기하고도 기이한
같아도 같지 않은 신선함
당신이 아니면 이루어지지 않을
섬세하고 은근한 전율

그날까지

팔베개와 손길만으로
꿈을 나누지 못하지만
간절히 품고 잠들다 보면
너의 꿈길에 닿지 않을까

불현듯 흘리지 않고
차곡차곡 빼곡히 쌓으면
너의 하얀 꿈
그림자에라도 닿지 않을까

너를 떠올리는 시간
너를 바라보는 시간
너를 사랑하는 시간
한순간도 빠짐없이 닿을 그날까지

특별한 사람

제 몸을 돌보지 않고
타인의 불편함을 챙기는 것이
한결같을 수 없고
말처럼 쉽지 않다는 걸 아는 사람

지나가는 바람 한 가닥
햇살 한 줌에도 한없이 감사하며
알뜰한 쓰임새에 골몰하는 사람

시선이 닿는 곳마다
마음 깊은 곳까지 따라가서
같이 손 보태며 슬퍼해 주는 사람

누구라도 그러할 것 같지 않은
예사롭지 않은 일 하나라도
무심코 지나치지 못하는
아무래도 사랑할 수밖에 없는
당신은 그런 사람이다

5부

날이 갈수록

날이 갈수록
깊어지는 마음으로 인해
인간미 폴폴 풍기는
단 하나뿐인 특유의 향기로 인해
이제 당신이 어떤 사람인지 안다

세상이야 어떻건
사람들이야 어떻건
때 묻지 않은 순수함으로
정제된 마음으로
너를 보듬기 위해
나부터 갈무리한다

정리정돈

너만을 담으려
그림자처럼 널려있던
미련의 찌꺼기와 기억의 조각을
말끔히 걷어 낸다
생각까지 지워버리려 했지만
쉬운 일이 아닌 까닭에
흔적을 자아내는 것들을 모두 찾아내어
마음이 닿지 않는 곳으로 보낸다

할 수만 있다면
너만의 공간일 수 있게
세상을 온통 뒤집어서라도
다시 만들고 싶다
내 속의 공간
저 깊은 곳에서부터

어디에도 너

빛과 어둠
하늘과 땅
높고 낮음
불과 물

의식과 무의식
움직이는 것과
움직이지 않는 것

그 어디에도
네가 있네

직진直進

의도치 않게
마음을 굽히기도 하고
속내와 다르게 결정하기도 한
크고 작은 기억들이
이제는 흐려져
의식 끝자락 어딘가에
간신히 걸쳐 있지만

그대와 가는 길에는
그 어떤 망설임도
궁리도 없다

가슴이 먼저 닿는 것
그대가 온전히 원하는 것
둘을 위한 것만이
최고의 선택이고 길이다

너로 인해

솟구친다고 해야 맞다

의식의 언저리에 스며있는
너의 생각이
수시로 가슴에 불꽃으로 튀어
내리는 어둠 속에서
폭죽처럼 타오르는 걸 보면

쏟아진다고 해야 맞기도 하다

작은 떠올림 한 가닥이
뇌 속에서 빛의 속도로
심장으로 쏘아지고
그대로 터져 올라
거친 숨으로 쏟아져 나오는 걸 보면

양양의 추억

한적한 양양의
어느 연수원 건물 연못
가슴이 일렁이며
물 아지랑이가
바람 타고 아스라이 피어오른다

따가운 햇살 아래
서늘한 공기가 너울거리던 곳
네가 들어 있어 더욱 빛이 나던
벌써 추억이 되어버린 반짝임

어느 공간이라도
너와 함께
아무리 먼 곳이라도
너와 같이

환상의 손맛

콩나물이 든
시원한 북엇국

잘 말린 시래기와
직접 담근 된장으로 끓여
보드랍고 고소한 최고의 맛
시래기 된장국

어느 틈에 불려 놓은 건지
노랗고 예쁜 콩을 갈아서
김치와 돼지고기 한 줌 넣어 끓인
환상의 김치 콩비지찌개

놀라운 맛으로 태어나는
당신의 마음
당신의 정성이 버무려져
새벽마다 눈부시게 빛난다

세상에 오직 하나

한창나이에는
감정이 사라지고
결과만 전리품으로 남는 사랑이
들불처럼 일어나다가
겹겹이 세월을 입으면서
마음에 무게로 차곡차곡 쌓인다

형태와 크기에 따라
마음 언저리에 이름이 붙는 때가 오고
그 기간을 훌쩍 지나면
저마다 느낌이
감정으로 자리 잡기도 전에
색깔과 무게, 형상까지 알아차리게 된다

나이 들수록
삶이 허무하고 서글퍼지는 까닭이다

나에게 너는
너에게 나는 그래서
세상에 둘도 없고 무엇보다 소중한 존재로
마주 보는 것이다

말문이 막힐 때

어떨 때 말문이 막히냐면

밥을 많이 먹어서
목구멍까지 숨이 차오르거나
급하게 먹어서 목이 멜 때가 아니다

무심코 길을 걷다가
작고 예쁜 노랑 은행잎을 봤을 때

생각 없이 올려다본 하늘에
새털구름이 시원하게 걸려 있을 때

기대하지도 않았는데
해지는 노을을 만날 때

너무 예쁜 당신의
수많은 모습을 만날 때야

두근두근 영원히

젊은 날 그 수많은 꽃길도 눈에 안 차더니
어설픈 인연에 엮이어 먼 길을 돌아왔네

철없던 시절이어서 보질 못 했던 걸까
그 맑은 두 눈에 왜 보이지 않았던 걸까

첫눈에 반하는 사랑이 위험하다 했나
금방 사랑에 빠지면 안 될 거 있나

두근두근 영원히 모든 마음 내려놓고
나 이젠 당신만 사랑할 거예요

두근두근 영원히 모든 슬픔을 날려버리고
나 이젠 당신만 사랑할 거예요

그나마 다행이다

하루가 24시간인 것이
그나마 다행이다

살아야 하기에
새벽어둠에 일터로 가고
해 질 녘에야 너에게로 돌아오는데
그 하루가 얼마나 긴지

마음 같아서는
하루가 12시간이면 좋겠지만
아무리 간절해도
이루어질 수 없는 일

48시간이 아님을
다행으로 여겨야지

전부이기에

사람들은 말한다
인생도 사랑도
돼지 꼬랑지만큼 짧다고

그렇게 겪어온 사람들은 말한다
꿈을 접지 말라고
사랑을 포기하지 말라고

포기한다면 꿈이 아니고
사랑도 아닌 것이라 한다
가슴을 데우는 희망은
아무리 늦어도 늦은 게 아니다

오늘도 너를 다짐하는 것은
운명적 만남인 탓도 있지만
세상이 무너져도 포기할 수 없는
나의 전부이기 때문이다

새벽녘 이불

며칠 전 세차게 휘몰아친 바람에
곱게 가을 들던 잎들이
후드득 휩쓸려 날아가고
드문드문 걸려 있는 잎들만
계절 끝을 붙잡고 있다가
들이닥친 칼 서리에 소스라치며
어둠의 끝자락에서 오들오들 떨고 있다

새벽마다 기온이 뚝뚝 떨어지는데
잠이 부족한 당신이 걱정이다
아무리 아껴 써도 부족한 시간
선잠에 꿈을 빼앗기지 않도록
까치발로 집을 나서지만
꼼꼼히 덮어주지 못한 이불이
온종일 둥둥 떠다닌다

나눔과 소통

말하지 않으면
아무리 사이가 좋고
성품이 훌륭하다 해도
감정에 상처가 생기기 쉽다

소통 없이는 서로를 완벽하게
이해하지 못하므로
사소한 느낌이나 생각도
꾸밈없이 나누어야 할 것이다

우리는
누가 먼저랄 것도 없이
표정 하나 말 한마디도
살뜰히 아끼고 존중하며 살기로 한다

또 다른 세상

인간이라는 이름의
나약한 존재들에게
사랑은 진실이 아닐 수도 있다
그저 들쭉날쭉 타오르는
맹목적인 감정과 본능의
결과물일지도 모른다

거대한 진실을 마주하고 나서야
온몸이 반응하고 정신이 전율한다
인연이 닿아 끓어오르기 시작한
아무나 닿을 수 없는 비등점

그와 여인이
저절로 깊어진 게 아니다
마음이 닿고
기화로 접어드는 순간까지 거침이 없던
순도 높은 극복의 여정

거역할 수 없는 이끌림과 흐름에
그저 맡겨 두었을 뿐
신세계라고 저절로 몸이 말한다
버릇과 습관 의식까지도
사소하게 보이는 경이로운 초월

한 여인과 그가 사랑하는 가치가
진정 새로워지는 경지를 넘어
재구성되고 있다

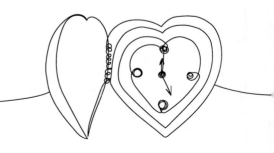

같이 가는 방법

눈을 맞추고
자신의 일생을 주저 없이 정한다
마음을 맞추며
상대의 호흡에 순응하고
흐름에 조용히 적응한다
남극에 활보하는 펭귄에게서
삶과 사랑의 근본을 본다

나를 버리는 게 아닌
더불어 가기 위해
그 끝이 서로에게 있는 그대로 닿아야만
온전히 하나 되는 원리였음을

그대를 사랑하는 길은
흐름과 맥박에 순응하고
서두르지 않게 적응하는 것
서로의 온기를
있는 만큼 인정하고 받아들이는 것
서로의 색을 받아들여 이루는 진정한 동화만이
영원히 같이 가는 길임을

자유로움으로 시작해

믿음은
생각의 갈피를
완벽히 다잡지 못하는
인간들이 만들어 놓은
마음의 덫이다

확신은
중심이 흔들리는 사람들이
구심점으로 쓰기 위해 만든
사람 마음의 깊이를 가늠하기 위한
어설픈 척도다

그대의 마음은
나의 사랑은
인간의 이기적인 혼돈이 아닌
순결한 자유를 위해
특화된 결과물의 증거이다

비밀 찾기

이 밤 개천을 따라 걸으며
홀로이던 당신의 시간에 골몰한다

그 오랜 시간 동안
얼마나 힘들었을까
어둠이 내리기 전
강렬한 고통의 여운

힘든 시간의 여정
만나고 싶지 않은 노을
밤으로 가는 절망의 문턱

세상을 온통 뒤져서라도
당신의 아픈 근원을
찾아내야 한다

노을이 끌고 오는
해 질 녘 비밀을
떨어지는 해가 품은 의미를

시간의 의미

당신을 만나
진정한 시간을 찾는다

무수히 지나온 날들도
영원한 기억의 구성이고
추억의 연결인 것

삶 속에 묻힌 세월과
상처로 남아 있는 흔적은
있는 그대로 둘 것

살아있는 시간의 갈피에
우리들의 색과 향기를 담아
차곡차곡 우려 나갈 것

당신으로 인해
삶의 의미가 숨 쉬듯 살아난다

최고의 행운

내 인생 최고의 행운은
당신을 만난 것이다